Kurz(e)Geschichten aus dem Alltag

Impressionen aus dem Stadtleben

© Horst Becht 2016

Impressum

Text und Cover: Horst Becht

Herstellung und Verlag: BoD- Books on Demand, Norderstedt

ISBN 978 3 743 101 289

Printed in Germany

2016 © by H. G. Becht

H.G.Becht@t-online.de

Die Deutsche Nationalbibliothek verzeichnet diese Publikation in der Deutschen Nationalbiografie; unter: dnb.d-nb.de

Inhaltsübersicht

Impressum......................S.4

Inhaltsübersicht.................S.5

Vorbemerkung..................S.6

Verschwundene Perlenohrstecker
................................S.8

Die Maske......................S.22

Schokoladenprügel.............S.32

Der Unfall......................S.37

Professors Erst -u. Letztgeborener
................................S.45

Der Hofgerichtsstuhl...........S.60

Eine Kindergartenliebe........S.67

Die Enttäuschung..............S.81

Im Backhäusle am Brunnen...S.91

Der Liebesversprecher.........S.97

Schlussbetrachtung…………S.101

Autoren – Biografie………...S.104

Vorbemerkung

„Wunder geschehen nicht im Widerspruch zur Natur, sondern im Widerspruch zu dem, was uns über die Natur bekannt ist" (Augustinus um 420 n. Chr.)

Liebe Leser,

sie haben den zweiten Band aus der Reihe „Kurz(e) Geschichten aus…" in Händen und erwarten vielleicht ähnlich brisante Erzählungen wie im Band „Kurz(e)Geschichten aus dem Sackdorf".

Dann muss ich sie etwas enttäuschen, denn in diesem Bändchen geht es – zumindest vorwiegend – gesitteter zu. Es geht ums Stadtgeschehen und die Stadt hatte schon immer ein vornehmeres Flair als das einfache Dorf.

Ein bisschen muss man an Wunder glauben(s. Eingangszitat), oder zumindest das Unmögliche gelten lassen, um von der Lektüre dieses Bändchens zu profitieren.

Es ist in bewährter Manier absichtlich schmal gehalten, somit wieder ein gern mitreisender Begleiter in U-Bahnen und unterwegs halt. Für Leute, die das Kindle auf Reisen bevorzugen, ist auch gesorgt. Es gibt dieses Bändchen auch als E-Book. Ich wünsche Ihnen schmunzelnde Augenblicke beim Lesen, vielleicht auch ein Kopfschütteln, oder dass die eine oder andere Frage auftaucht. Dann wie immer bitte unter H.G.Becht@t-online.de

Verschwundene Perlenohrstecker

Er schenkte sie mir nach einem wunderschönen Urlaub auf den Malediven, den wir mit Schnorcheln, Tauchen und Segeln auf einem Katamaran verbrachten. Wir genossen die unbeschwerten Tage in diesem Urlaubsparadies sehr. Ich glaube, wir sind uns vorher und danach nie näher gewesen als in diesem Urlaub. Die kranke Schwiegermutter, der trinkende Schwiegervater, die Sorgen im Betrieb und mit den Mietern. Alles war viele Flugstunden weit weg und eine heitere Unbeschwertheit trug uns durch die – leider viel zu rasch endenden – Tage.

Danach griff der Alltag wieder mit Macht nach uns und mein Mann ließ sich sofort ins Familien - und Berufskorsett pressen. Ich bedauerte dies sehr, konnte aber dem Alltagszwang nichts entgegensetzen.

Und so widmete auch ich mich wieder meinen Haushaltsverpflichtungen und half, so gut es ging, im Betrieb mit. Mein Mann hatte inzwischen eine neue Prokuristin eingestellt, jung, blond, lange Haare und unverschämt schlank. Ich bemerkte ihre Attribute mit einem gewissen Misstrauen, wollte mich aber nicht wieder in die Ecke der keifenden und eifersüchtigen Ehefrau stellen. Leider bewahrheiteten sich meine Ahnungen ziemlich schnell, aber der Reihe nach.

Erst einmal fuhren wir in die Hauptstadt und gingen dort geradewegs zum Juwelier Lokabi, dem ersten Geschäft am Platze. Eine Überraschung würde auf mich warten, deutete er geheimnisvoll an. Da wir dort schon unsere Eheringe anfertigen ließen, wusste ich über die Qualität dieses Juweliers Bescheid und war neugierig, was er sich ausgesucht hatte. Über seinen guten Geschmack bei Schmuck, bei Kleidung und leider auch bei jungen Frauen war ich schon hinlänglich informiert und war gespannt. Nach dem Anlass der Überraschung gefragt, bekam ich zur Antwort, dass dies noch ein Nachtrag zum Malediven-Urlaub sei, der ihm so gutgetan habe.

Frau Schreiber, die Inhaberin von Juwelier Lokabi, bediente uns wie immer ausgesucht höflich und dezent kompetent. Als sie die Schachtel öffnete, erblickte ich zwei Ohrgehänge mit beigefügter Expertise.

Daraus entnahm ich, dass es sich um **Brillanten mit je 0,5 Ct, blauweiß, lupenrein, moderner Feinschliff und je Seite 6 Akoya-Perlen, 0,4 cm Durchmesser und einem wunderbaren Lüster** handelte.

Ich war überwältigt, Tränen der Rührung liefen mir über die Wangen, diese Überraschung war ihm wahrlich gelungen. Dass ich Schmuck mag, war kein Geheimnis, aber wie punktgenau er meinen Geschmack getroffen hatte, war sensationell. Stolz trug ich das Gehänge, trennte mich nur ungern abends davon, denn im Bett konnte ich sie ja schlecht anlassen.

Vier Monate später sagte er ganz beiläufig, dass nächstes Wochenende eine für die Firma wichtige Fachmesse in Berlin stattfinden würde, Er habe sich angemeldet, auch schon im Kempinski zwei Einzelzimmer geordert.

„Weshalb zwei Zimmer", fragte ich überrascht und ahnte bereits die Antwort. Ja, meinte er herumdrucksend, man müsse dort vor Ort rasch wichtige Entscheidungen treffen, das schaffe er nicht alleine.

Deshalb würde ihn Frau Hammerl, die Prokuristin, begleiten. Ich solle mir jetzt bloß nichts zusammen fantasieren und womöglich noch eifersüchteln, es sei alles nur geschäftlich.

Ich sagte erst mal kein Wort, widmete mich wieder meiner Hausarbeit und rief danach meine Freundin Karla in Berlin an. Sie hatte an jenem besagten Wochenende frei und würde sich sehr, sehr freuen, wenn ich sie besuchen komme. Abgemacht, sagte ich, da wird sich einer aber freuen. Unverzüglich buchte ich im Kempinski ein Doppel - und ein Einzelzimmer, was überhaupt kein Problem war. Mit etwas Magendrücken erwartete ich meinen, ach so treuen, Gemahl am Abend, schenkte ihm einen von seinen Lieblingsbränden ein und meinte: "Stell dir vor, Karla hat mich eingeladen, sie zu besuchen. Ich habe für uns im Kampinski schon umgebucht, wir können also zu dritt nach Berlin fahren. Du und Frau Hammerl plagt euch auf der Messe ab, ich geh mit Karla schoppen und quatschen, wie findest du das?"

In einem Zug stürzte er den Klaren hinunter, presste noch „toll!" zwischen den Zähnen heraus und verschwand in seinem Arbeitszimmer. Natürlich hätte er mir liebend gerne eine saftige Szene gemacht, weil ich seine „Geschäftspläne" so raffiniert durchkreuzt habe, aber er beherrschte sich.

Vor vier Wochen hat ihm mein Vater mit Nachdruck nochmals daran erinnert, von wem die Firma komme und dass ich als Gesellschafterin ein gewichtiges Wörtchen mitzureden hätte, wenn Entscheidungen anfielen.

Da ich nichts von Wirtschaft verstand, habe ich mein Stimmrecht auf meinen Vater übertragen. Dieser nahm seine Aufgabe sehr gewissenhaft und sehr kompetent wahr. Mein Vater kannte meinen Mann nur zu gut. Vor allem seine spontanen Aktionen hatten die Firma schon viel Geld gekostet, allerdings auch schon manchen Erfolgstreffer gebracht.

Man muss ihm in jeder Hinsicht auf die Finger sehen, sagte mein Vater immer wieder zu mir. Ich ahnte, wie er das Wörtchen „jeder", das er besonders hervorhob, meinte.

Wir fuhren also nach Berlin, ich freute mich sehr auf Karla. Die Stimmung im Firmenwagen war sehr gedämpft, ja fast schon konnte man von „dicker Luft" reden. Wenn überhaupt, dann redete mein Mann mit Frau Hammerl über geschäftliche Vorgänge, die mich nicht interessierten. Wie sich wohl die junge Prokuristin in dieser Situation fühlen mag, ging es mir durch den Kopf. Aber das ist mein Problem nicht, verscheuchte ich diese Gedanken und genoss die Landschaft. Der Fahrer warf mir immer wieder mal einen bedeutungsvollen Blick zu, den ich aber nicht verstand.

Herr Brummer fuhr meinen Mann jetzt schon im dritten Jahr, da bekommt man einiges mit. Aber Diskretion ist eine hervorragende Tugend aller Cheffahrer und so war er meinem Mann gegenüber absolut loyal, was ich auch akzeptierte.

Als ich am Morgen der zweiten Nacht aufwachte, war das Bett neben mir unbenutzt und auch meine Perlenohrringe fehlten. Eine halbe Stunde später, ich kam gerade aus der Dusche, traf mein Mann ein.

Übernächtigt, rot geränderte Augen, aber von einer Grundheiterkeit begleitet, stolzierte er ins Zimmer. Ich legte sofort los, „stell dir vor, meine Perlenohrringe sind weg und wo warst du überhaupt die ganze Nacht?" Betont sachlich erwähnte er eine Delegation, mit der er noch ein Geschäft aushandelte und anschließend sei man halt versackt, Berlins Kneipen hätten ja 24 Stunden geöffnet. Genau könne er die Bars, in denen sie überall waren, nicht mehr aufzählen. Aber wenn ich ein lückenloses Alibi haben wollte, könne Herr Brummer sicher aushelfen. Diese coole Unverschämtheit, mit der er mir dies erklärte, brachte mich innerlich auf die Palme. Aber ich beherrschte mich und erwähnte mit keiner Silbe Frau Hammerl. In diese Falle tappe ich jetzt nicht, diesen Gefallen tue ich dir nicht. Am Ende stehe ich wieder als hysterische Pute da, Herr

Brummer hält natürlich zu seinem Chef, das war mir klar.

„Gut, dann bleibt das Verschwinden des Schmucks, was können wir da unternehmen," wollte ich gereizt wissen. „Nun, zuerst suchen wir noch einmal alles gründlich durch, und wenn wir nichts finden, benachrichtigen wir den Hotelmanager, auch die Polizei". Und so kam es dann auch, mein Mann rief den Manager an, erklärte ihm den Sachverhalt. Einen Versuch des Managers, uns Vorwürfe in der Art zu machen, dass ein so wertvoller Schmuck über Nacht in den Hotelsafe gehöre, fegte mein Mann energisch vom Tisch. Da war er dann ganz Chef und entsprechend klang sein Tonfall. „Wenn meine Frau ihren Schmuck bei sich haben will, dann muss dies in so einem Haus doch wohl möglich sein." Dass man in einem 5 Sterne Haus dieser Güteklasse bestohlen werde, sei ja wohl unmöglich und dem Ruf des Hauses auch nicht gerade förderlich. Der Manager entschuldigte sich mehrmals und rief die Polizei an. Nach 30 Minuten erschienen zwei Zivilbeamte, nahmen den Vorgang gelangweilt auf und meinten, wenn kein konkreter Anfangsverdacht bestehe, könne man nicht viel machen. Es gehe nicht an, jetzt alle Hotelgäste zu "filzen."(Berliner Slang, dacht ich mir, als ich das Wort hörte)Das würde sehr viel Unruhe und vermutlich auch Klagen nach sich ziehen.

Also fuhren wir ab, die Personalien sind hinterlegt, ob wir eine Diebstahlversicherung hätten, wollte der Manager bei der Verabschiedung noch wissen. „Nein, natürlich nicht" bellte ihn mein Mann an, „das ist etwas für Pessimisten." Ich wurde puterrot, die Peinlichkeit seines Verhaltens war kaum zu ertragen.

Sechs Wochen später, vom Hotel und auch von der Berliner Polizei hatten wir nichts mehr gehört, bin ich mit meiner Freundin Susann im Kino. Ungefähr vier Reihen vor uns sehe ich Frau Hammerl sitzen, neben ihr ein Mann, wohl ihr Freund, mit dem sie tuschelte. Was mir den Atem stocken ließ, waren die Ringe an ihren Ohren. Es war mein Schmuck, den ich in Berlin als gestohlen gemeldet habe, der ihre Ohren zierte. Der Film hatte noch nicht begonnen, ich zwängte mich durch die Reihen und baute mich vor ihr auf. "Wo haben sie diesen Schmuck her, lügen sie mich ja nicht an" sagte ich mit aller Energie, die ich zur Verfügung hatte. Dabei funkelten meine Augen mit den Brillanten um die Wette. Kleinlaut und mit knallrotem Kopf antwortete sie: "von ihrem Mann in

Berlin, weil wir so erfolgreich verhandelt haben." Ich holte aus, knallte ihr Eine mit aller Kraft und sagte danach: "behalten Sie ihn, er soll ihnen Glück bringen. Morgen hat mein Mann ihre firstlose Kündigung auf seinem Schreibtisch. Erfinden sie irgendeinen Grund, aber gehen sie mir aus den Augen, ich will sie hier nie mehr sehen, Sie Verhandlungsflittchen." Mein Mann stritt zunächst alles ab,

schwenkte dann aber um, entschuldigte sich mehrmals, er wisse auch nicht, was für ein Teufel ihn da geritten habe. Er wolle alles wieder gutmachen, habe schon einen neuen Termin beim Juwelier ausgemacht.

Ich dachte, der versteht überhaupt nichts und mit so einem empathielosen Kümmerling bist du verheiratet.

Ich meldete eine Kur in Bad Ems an, wollte nur Abstand gewinnen und mir Klarheit verschaffen, wie es mit mir und der Ehe weitergehen könne oder ob die Zeichen auf Scheidung stünden.

Ich benötigte noch sechs lange Jahre und unzählige Affären seinerseits, bis ich endlich den Gang zur Scheidungsanwältin wagte und die Trennung einleitete. Mein Vater unterstütze mich sehr bei der Gütertrennung, so dass ich heute, gutversorgt bin und ein angenehmes Leben führen kann. Wenn ich heute eine Frau mit Perlenohrsteckern sehe, muss ich schmunzeln. Früher gab es mir immer einen kleinen Stich, aber das ist Geschichte und ist so vorbei, wie diese Geschichte jetzt auch.

Die Maske

Fasching, Karneval, Fastnacht, egal wie man diese närrische Zeit, die am 11.11.11 Uhr 11 beginnt und mit dem Aschermittwoch endet, nennen mag, alle Regionen haben eines gemeinsam: es sind Masken im Umlauf. Teils mit kostbaren Verzierungen, teils aus Pappmache oder Stoff, manchmal auch nur aufgemalt.

Die kostbarsten Masken stammen aus dem süddeutschen Raum, speziell aus der Schwäbisch-Alemannischen Fasnet. Sie werden von einheimischen Schnitzern in mühevoller Handarbeit aus Lindenholz geschaffen und dann von sogenannten „Fassmalern" kunstvoll bemalt. Will man mit einer Maske und dem dazu passenden „Narrenkleid" am Umzug und Narrentreiben der Stadt teilnehmen, so muss sich der Träger, das

„Kleidle" einschließlich der Maske, die in manchen Regionen „Larve" genannt wird, von Bevollmächtigten der örtlichen Narrenzunft „abnehmen", also genehmigen, lassen. Diese Herren (Damen findet man dort keine), haben ein strenges Auge auf die vorgelegten Narrenkleider. Sie prüfen genau, ob auch jede Kleinigkeit dem uralten Brauchtum entspricht. Sie sind sozusagen die Gralshüter der reinen Fastnachts-Tradition`. Anschließend vergeben sie dann die Zulassungsplakette, die im Volk auch „Narren-TÜV" genannt wird, wenn es keine Beanstandungen gab.

Gerne wird auch versucht, das Antlitz des Maskenträgers in das Holz rein zu schnitzen, bzw. markante Gesichtszüge in die Maske zu integrieren, soweit dies möglich ist.

Solcherart gestaltetes Schnitzwerk gilt als besonders kostbar und wird in den Familien von Generation zu Generation weitervererbt mit der Verpflichtung, es in Ehren zu halten und im Sinne der Tradition zu verwenden.

Der Maskenträger, von dem hier die Rede ist, hat sich eine besonders grimmig aussehende Maske schnitzen lassen. Glotzende weiße Augäpfel, eine runzelige Stirnpartie und vor allem ein furchteinflößendes Gebiss mit zwei herausgewachsenen Hauern, gaben der Maske ihren Charakter. Der Besitzer, nennen wir ihn Franz Schneider, war ein schüchterner, sehr introvertierter, junger Mann, der leisetreterisch, unscheinbar und zurückhaltend durch`s Leben stolperte und vor allem bei Mädchen „keinen Schlag" hatte. Zu gerne hätte er eine Freundin gehabt, aber wie sollte das gelingen, bei seiner Schüchternheit?

In seinen immer bedrängender werdenden Fantasien malte er sich die buntesten Szenen aus, wie er die Freundin auf sein Zimmer einladen und eine romantische Stimmung gestalten werde, und dann ganz langsam, mit viel Schmusen und Zärtlichkeit eine schöne gemeinsame Zeit verbringen werde. Schon allein seine Fantasien ließen ihm die Schamesröte ins Gesicht steigen. An weitergehende Bilder wagte er sich nicht einmal ansatzweise heran.

Weshalb er sich ausgerechnet diese wilde Maske ausgesucht habe, wollten seine Eltern wissen?

Schließlich wohnte er noch zu Hause und man sprach über so ziemlich alles miteinander. Franz konnte diese Frage den Eltern nicht beantworten, „es" habe sich so ergeben, meinte er etwas gereizt und dachte sich, so langsam wird es Zeit, dass ich mir eine Wohnung suche und hier ausziehe. Diese ständigen Rechtfertigungen gehen mir auf den Geist.

Fastnacht rückte näher, Franz holte die Maske und das Restkostüm heraus und lief in der Wohnung schon mal Probe damit. Zu dem Narrenkleid gehörte ein etwa 190 cm großer Stab, den am oberen Ende ein Kalbschwänzchen zierte. Der Stab war zum Hochspringen gedacht, aber auch um den Mädchen etwas „an die Wäsche zu gehen". Zur Besänftigung pinselte man sie dann mit dem Kalbschwänzchen ab. Keine sehr hygienische Angelegenheit, vor allem deshalb auch nicht, weil Fastnacht, als kalte Jahreszeit, auch Erkältungszeit ist. Aber Fastnacht ist Fastnacht, da müssen die Zuschauer durch. Wer da am

Straßenrand steht, darf nicht zimperlich sein, in der Schwäbisch-Alemannischen Tradition schon gleich gar nicht.

Mit dem Bockspringen am Stab klappte es nicht besonders, dazu war unser Franz dann doch zu ungelenk. Aber das Abpinseln mit dem Kalbschwänzchen beherrschte er mit nahezu perfekter Grazie.

Inzwischen auf dem Narrensprung, genoss er es ungemein, wie er sich in seinem Häs, auf wundersame Art, verwandelte. Alle Gehemmtheit, war verflogen, von Schüchternheit keine Spur mehr. Die Maske und das gesamte Kostüm setzten in ihm Energien frei, von denen er nicht einmal ahnungsweise etwas wusste. Natürlich suchte er sich unter den Zuschauerinnen nur die Schönheiten raus, alle Mädchen, bei denen er sonst nicht den Hauch einer Chance hatte, waren ihm nun zugänglich. Dabei ging er nicht einmal besonders ungestüm vor, im Gegenteil, er suchte sich sein Opfer mit Bedacht aus. Dann stellte er sich vor dem Mädchen auf, wog den Kopf hin und her und stöhnte und schnaufte durch den Hauer-Zähne-Mund hindurch, nicht zu wild aber schon lustvoll, eben Erregung simulierend.

Dieser Gegensatz zwischen der wilden Maske und der Anmut seiner Bewegungen, vor allem der gekonnten Stabführung, verliehen seinem Auftritt einen besonderen Charme, dem man sich nicht entziehen konnte. Mit einer galanten Geschmeidigkeit führte er seinen „Zauberstab" mal zart angedeutet, mal etwas rustikaler, an den Hosenbeinen der Mädchen hoch. Dann hob er wieder bei einer Rockträgerin den Rock etwas an, und deutete eine unmissverständliche Absicht an. Zum

Ausgleich strich er mit seinem Kalbschwänzchen über ihr Gesicht, ja streichelte es mit einer Anmut und Würde, dass die anderen Zuschauer aus dem Staunen nicht mehr herauskamen.

Man rätselte, wer wohl hinter dieser Maske stecken würde und vermutete, dass es ein ganz großer Könner und „Frauenversteher" sein müsse. Einer, der Würde, Grazie und Einfallsreichtum auf wunderbare Weise verbinden konnte. Ein Profi eben, und dazu noch ein Ausnahmetalent müsse hinter dieser Maske stecken…

Auch Franz erlebte sich in der Maske wie befreit. Er entdeckte Seiten an sich, von denen er nicht einmal zu träumen wagte und genoss seinen Auftritt in vollen Zügen.

Die Fasnacht neigte sich ihrem Ende zu, Aschermittwoch und die beginnende Fastenzeit standen an. Schon am Aschermittwoch bemerkte, er, dass das Narrenkleid bei ihm eine Haltungsänderung bewirkt hatte.

Er ging aufrechter, trat sicherer auf und suchte auch bewusst Augenkontakt mit den Mädchen. Ihn schreckte keine Schönheit mehr ab, denn schließlich war ER der Narr, über den im Narrenblättle in den höchsten Tönen lobend geschrieben wurde.

Und wenn die gehemmte Seite wieder aufkommen wollte, ging zu seinem Narrenschrank, holte die wilde Maske heraus, setzte sie auf, und trat vor den Spiegel.

Dort schaute er sich eine ganze Weile an und ihm war, als ob von der Maske eine Magie ausgehen würde, die ihm einflüsterte: „das bist du auch, nimm dir die Kraft und vertraue darauf, dass deine Vitalität und Kreativität, dich schon bald dabei unterstützen werden, die ersehnte Freundin zu finden".

Schokoladen-Prügel

Sie waren reich, sie hatten Einfluss in der Stadt, ihr Wort zählte, und sie hatten eine Kette von Lebensmittelläden, inbegriffen auch das erste Spezialitätenhaus in der Schoberstraße.

Zwei Söhne sollten den Fortbestand der Kaufmanns-Dynastie sichern, doch es kam anders als die Eltern planten. Der älteste Sohn studierte Jura und war später am Landgericht tätig. Mit dem Jüngsten stimmte etwas nicht, munkelten die Leute. Nach der Pubertät, die sehr früh bei ihm einsetzte und unverhältnismäßig lange andauerte, konnte man seltsame Veränderungen beobachten, wenn man wollte. Die Eltern wollten das nicht, sie bestanden darauf, dass bei ihrem Holger alles bestens sei und wer etwas Gegensätzliches behauptete, wurde verwarnt und mit einer Anzeige wegen übler Nachrede bedroht.

Holger hatte drei Schildkröten, die er im elterlichen Garten laufen ließ. Für die Nachbarskinder war dies eine Sensation, denn welches Kind hatte schon Schildkröten? Und so war Holger immer von einer Schar Kinder umringt, denen es die Tiere angetan hatten.

Eines Tages gab es eine große Aufregung, weil eine Angestellte weinend und blutend auf dem Balkon stand.

Was war geschehen?

Die Angestellte, sie hieß Karla, sollte für die Familie kochen. Außer ihr und Holger war niemand zu Hause, die Eltern hatten geschäftlich zu tun. Holger wollte kurz vor dem Mittagessen eine Schokolade, was ihm Karla mit Hinweis auf das baldige Essen verweigerte. Daraufhin verdrehte Holger die Augen, schnaubte heftig, holte eine Eisenstange aus dem Keller und schlug sie Karla mit voller Wucht auf den Kopf.

Dann ging er ganz unbeteiligt in den Garten und spielte mit seinen Schildkröten so, als ob überhaupt nichts gewesen wäre. Karla konnte sich nur mit Mühe auf den Beinen halten, versuchte , das Blut abzuwaschen und schleppte sich auf den Balkon hinaus und rief um Hilfe.

 Eine Nachbarin hörte dies und lief zu ihr rüber und war entsetzt. Karla blutete aus der Kopfwunde, ihr war übel, sie schwankte hin und her. Inzwischen kam der Vater von Holger nach Hause und sah, was passiert war. Zuerst wollte er alles abstreiten, behauptete, Karla sei wohl unglücklich gestürzt und auf den Kopf gefallen, denn sein Holger sei zu solch einer aggressiven Tat nicht fähig. Als er merkte, dass er damit nicht durchkam, änderte er seinen Ton und seine Strategie.

Mit samtweicher Stimme entschuldigte er sich bei Karla für den „Ausrutscher"(wie er es nannte) seines Sohnes. Auch versicherte er seiner Angestellten, dass sowas nie mehr vorkommen würde, und dass ein befreundeter Arzt aus der Nachbarschaft, die Wunde versorgen könne. Dann stellte er Karla eine ansehnliche Gehaltserhöhung in Aussicht und drückte ihr spontan ein Bündel Scheine, sozusagen als Schmerzensgeld, in die Hand. Er habe nur eine Bedingung, dass sie den peinlichen Vorfall nicht in der Stadt rumerzähle und vor allem keine Anzeige erstatte. Nicht, dass man kein Unrechtsbewusstsein habe, nein, aber eine Anzeige und das darauf einsetzende Gerede würden dem Ruf der Familie unnötig schaden und das könne sie doch nicht wollen.

Karla, ein einfaches Mädchen aus einem Nachbardorf, konnte dem geballten Charme ihres Chefs nichts entgegensetzen und so blieb der Vorfall ungeahndet und wurde sozusagen „unter den Tisch gekehrt".

Holger, der Urheber des Ganzen, spielte indessen unbeteiligt mit seinen Schildkröten, schaute gebannt zu, wie diese ein Löwenzahnblatt nach dem anderen mampften. Auch hatte er schon wieder Nachbarskinder um sich geschart, denn die Schildkröten waren halt die Sensation in der Gegend. Man musste einfach hin und sie beobachten.

Der Unfall

Inzwischen waren zwei Jahre vergangen, Holgers Auffälligkeiten wurden immer deutlicher, beim kleinsten Einwand oder Verbot durch die Eltern, oder wenn er nicht sofort seinen Willen bekam, „rastete" er aus. Dann warf er mit Gegenständen um sich, tobte in der Wohnung herum, oder, was neuerdings seine Masche war, lief einfach weg und versteckte sich. Man suchte ihn oft stundenlang, war in Sorge und hatte auch Ahnungen, was er wohl treiben möge. Aber die Eltern beharrten darauf, dass ihr Sohn völlig normal und auch nicht gewalttätig sei.

Was man beobachten würde, sei ein ganz normales Entwicklungsphänomen, welches auch mit der Pubertät zusammenhängen würde. Holger war inzwischen 14 Jahre geworden und für sein Alter schon ziemlich triebstark. So onanierte er ganz exzessiv und ungeniert vor den Eltern. Der Vater ignorierte es, die Mutter schüttelte den Kopf, sagte aber auch kein Wort dazu. Nach dem Motto, was man nicht anspricht, findet auch nicht statt. Ein untaugliches Prinzip, wie sich bald rausstellen würde.

Im Nachbarhaus wohnte der Apotheker Schaumeier mit seiner Frau und seinen drei Söhnen, einer hübscher als der andere. Der jüngste Sohn, Peter, war sehr interessiert an Blumen, Bäumen, Tieren und natürlich auch an den Nachbarschildkröten. So schlich er sich oft heimlich durch das Loch im Gartenzaun in den Nachbarsgarten zu Holger und seinen Schildkröten, obwohl ihm das die Eltern streng verboten hatten.

Es war an einem Freitag im März, die Sonne hatte schon viel Kraft, ein freundlicher Tag.

Um Sechs Uhr traf sich die Familie jeden Tag zum Abendbrot, alle hatten pünktlich da zu sein, auf diesem Ritual bestand der Apotheker. Es wurde Viertel nach Sechs, es wurde halb Sieben, es wurde Sieben Uhr, kein Peter war weit und breit zu sehen. Die Eltern waren sehr in Sorge und begannen, nach dem Peter zu fahnden. Man ging auch zu den Nachbarn und fragte überall herum, ob jemand den Peter gesehen habe. Aber niemand hatte etwas bemerkt, bzw. den Jungen gesehen und so blieb die Suche erfolglos, die Besorgnis der Eltern steigerte sich immer mehr, düstere Ahnungen überkamen das Ehepaar.

Holger saß indessen völlig unbeteiligt bei seinen Schildkröten, spielte mit ihnen, so, als ob ihn das alles nichts angehen würde, er war in seiner Welt versunken, die Nöte der anderen kümmerten ihn nicht.

Was war geschehen?

Peter war wieder heimlich zu Holger geschlichen. Dieser machte dem Jungen plötzlich den Vorschlag, gemeinsam zum nahegelegenen Neckar zu wandern, weil es dort noch ganz besondere Wasserschildkröten geben würde und Peter könne da eine mit Nachhause nehmen. Dazu nahm Holger einen derben Sack aus dem Lagerraum des Vaters mit. Die beiden Jungen spazierten auf einem Schleichweg zum Neckar hin, weil es ja ein Geheimnis sei, flüsterte Holger dem Peter ins Ohr.

Dort angekommen, fackelte Holger nicht lange, nahm den nächstgelegenen großen Stein und schlug diesen dem Peter mit voller Wucht auf den Kopf. Peter schrie auf, fiel.um und wurde ohnmächtig Den bewusstlosen und blutenden Jungen packte Holger in den mitgebrachten Sack, legte noch ein paar Steine hinein und schleppte den Sack mit dem Jungen ans Neckarufer. Dann rollte er ihn an den Rand und ließ ihn ins Wasser plumpsen. Dabei zappelte und quietschte Holger ständig und war sehr erregt.

Dann spazierte er wieder in seinen Garten und widmete sich den Schildkröten so, als ob nichts gewesen wäre. Als am anderen Morgen die schwimmende Sackleiche des Jungen aus dem Neckar gefischt wurde, nahm man bald darauf den Holger ins Verhör und bekam heraus, dass er den Peterle haben „Baden lassen."

Der Holger wurde umgehend per Gerichtsbeschluss in die Psychiatrie zwangseingewiesen.

Dort betätigte er sich jahrelang als Gärtner im Anstaltsgarten. Am stärksten bedauerte er, dass seine Schildkröten nicht dabei sein konnten, denn dies waren die einzigen Lebewesen, denen gegenüber er ein Minimum an Empathie aufzubringen im Stande war., wie ihm ein psychiatrisches Gutachten später bescheinigte. Von Reue oder gar Mitleid wegen seines Verbrechens war nichts zu erkennen.

Die Apothekerfamilie zog bald danach aus der Stadt weg, die Nachbarschaft mit der „Täterfamilie" war ihnen unerträglich geworden. Allmählich kehrte wieder der Alltag ins Städtchen ein, manchmal wurde über den „Unfall" noch getratscht. Alle hatten natürlich die Katastrophe kommen sehen, jeder wusste im nach hinein besser, als der andere, dass mit dem Holger etwas nicht stimmte, wäre man doch nur mutiger gewesen, dann könnte der Peter vielleicht noch leben.

Die Kaufmannsfamilie erfreute sich aber nach wie vor allergrößter Reputation in der Stadt, die Geschäfte liefen weiterhin hervorragend. Nur der ältere Bruder von Holger, inzwischen zum Vorsitzenden Richter am Landgericht befördert worden, hatte immer wieder mal ein ungutes Gefühl im Magen, wenn er an seinen Bruder und den Vorfall dachte.

Irgendwie fühlte er sich mitverantwortlich an dem Umstand, dass die Eltern Holgers Gefährlichkeit jahrelang hartnäckig leugneten und man deshalb den geistesgestörten Jungen nicht schon früher in eine „Geschlossene" gegeben hatte. Eine

Konsequenz aus dem Vorfall bestand für den Bruder darin, dass er mit seiner Frau beschloss, keine Kinder zu bekommen. Ein etwas eigentümlicher Respekt vor den „kranken Genen" und dass sie bei seinen Kindern eventuell auch durchschlagen könnten, hielt ihn davon ab, eigene Kinder zu bekommen. Das Risiko, dass eventuell eines behindert sei und es ein zweites „Holgerdrama" geben könnte, war dem Richter und seiner Frau dann doch zu groß.

Professors Erst - Letztgeborener

Die Prognose war von Beginn der Schwangerschaft an ungünstig für das ungeborene Kind Die werdende Mutter war hochgradig tabletten-abhängig und kam während der gesamten Schwangerschaftszeit nicht von den Medikamenten los. Mittel gegen Bluthochdruck, verschiedene Antidepressiva, auch Schlaftabletten türmten sich in ihrem Nachtkästchen. Oft besaß sie für dasselbe Leiden mehrere Präparate, nach dem Motto "viel hilft viel".

Nicht, dass sie es nicht versucht hätte, immer wieder wollte sie aus ihrem Suchtkäfig ausbrechen, aber der Sog war zu mächtig und ihr Mann, der Herr Professor für

Kirchenrecht, war ihr bei keinem Entzugsversuch eine Hilfe.

Im Gegenteil, als er von der Schwangerschaft erfuhr, geißelte er seine „Eheschlampe", wie er sie bei jeder Gelegenheit lieblos nannte, mit einem Weidenrütchen erstmal durch, mit der Begründung, dass **sie** nicht aufgepasst habe. Sie habe ihm den Balg untergeschoben, den er gerade jetzt, wo er kurz vor der Fertigstellung seines neuen Buches stand, überhaupt nicht brauchen könne. Zur Untermalung seiner Buchbedeutung breitete er im ganzen Haus auf den Fußböden kopierte Blätter aus, die auf keinen Fall durcheinandergebracht werden durften. Stolperte seine Frau doch mal über einen Stoß Gedrucktes, das auch auf dem Küchenboden ausgebreitet lag, so musste das Weidenrütchen ran. Dieses ließ er gekonnt auf ihren Po schnalzen, gerne auch auf den nackten und auch mit Vorliebe beim Fernsehen im Ehebett. Aber darüber später.

Sie war Botanikerin, hatte sich ihr enormes Kräuter-, Pflanzen-und Naturwissen autodidaktisch erworben, was ihr Mann spöttisch belächelte, denn eine Bildung außerhalb der Akademischen, zählte für ihn nichts. Und das Wort „Herzensbildung" gehörte schon gar nicht zu seinem Wortschatz. Jeder war auf seine Weise in einer gemeinsamen Einsamkeit gefangen. Sie hatte wenigstens ihren herrlichen Garten, dem ihre ganze Leidenschaft gehörte. Wunderbare, alte, schattenspendende, Obstbäume waren auf der 10 Ar großen Fläche verteilt, so dass man sich im Sommer die Sitzgelegenheiten aussuchen konnte, wenn man Schatten wollte.

Wilde Sträucher, Haselnuss, Holunder, und Nutzpflanzenbeete

wechselten sich mit herrlichen Blumenarrangements ab. Es gab diverse Hochbeete und eine üppige „Kräuterschnecke" aus Buntsandstein. Da sie viel Zeit im Garten verbrachte und nicht kochen konnte, wurden die Gartenerträge in der Nachbarschaft verteilt, beziehungsweise von der karitativen „Tafel" abgeholt und an Bedürftige weitergegeben. „Erstklassige Biokost zum Nulltarif für die Prolos", stichelte der Herr Professor ständig. Seine Frau hörte auch in diesem Punkt schon lange nicht mehr zu, wenn er dozierte, bzw. lamentierte, was ihn noch mehr „auf die Palme" brachte.

Schon früh deutete der behandelnde Gynäkologe an, dass es nicht nur eine Risikoschwangerschaft, sondern auch eine problematische Geburt mit der Gefahr einer Behinderung für das Neugeborene geben könnte.

Die werdende Mutter hörte auch hier nur selektiv zu, sie wollte das Kind unbedingt und da sie sehr gläubig war, vertraute sie auf das Schicksal, das sie „All-GOTT-Gefallen" nannte. Sie werde alles so akzeptieren, wie ER es für sie vorgesehen habe. Dermaßen schicksalsergeben lehnte sie auch eine Fruchtwasseruntersuchung und jegliche Ultraschalldiagnostik, die ihr der Arzt dringend empfahl, ab. Ein Psychologe, den sie ein paarmal aufgesucht hatte, um etwas Stabilität zu bekommen, sprach von einer „unbewussten Selbstbestrafungstendenz wegen ihrer unbewältigten Tablettensucht" Viel konnte sie mit der Aussage nicht anfangen, aber es genügte für sie, die Behandlung abzubrechen, denn so tief in ihren Seelenspiegel wollte sie nun doch nicht schauen. Außerdem hatte sie ja noch immer ihren Garten. Und wenn der Spruch, dass die Natur heilt, stimmt, dann war sie dort besser aufgehoben als auf der Couch des Psychologen, vor allem preiswerter, denn schließlich ist sie ja immer noch Schwäbin!

Als gegen Ende des achten Schwangerschaftsmonats heftige Wehen einsetzten, griff sie stillschweigend nach ihrem vorgepackten Klinikköfferchen, bestellte sich ein Taxi und ließ sich in die Frauenklinik von Privatdozent Schnabel fahren. Von ihrem Mann verabschiedete sie sich nicht, wozu auch? Sein Interesse galt der Wissenschaft und nicht solchem Geburtskram, wie er sich abfällig äußerte.

Da sich der Fötus aus der Steißlage, trotz vieler Gymnastikversuche der Hebamme, nicht mehr drehte, beschloss das Team, einen Kaiserschnitt vorzunehmen. Die Schwangere war einverstanden, wenn nur die unerträglichen Schmerzen endlich aufhören, jammerte sie die Oberärztin an. Diese spritzte ihr noch ein Spasmolytikum und tröstete sie damit, dass sie alles bald hinter sich haben werde.

Und so kam es auch, der Kaiserschnitt verlief routinemäßig und siehe da, der Säugling machte einen gesunden, vitalen Eindruck.

Die frischgewordene Mutter war überglücklich und legte ihr Baby sofort an ihre prall gefüllte Brust an. Das Stillen klappte auf Anhieb, der Frieder, so sollte er heißen, zog sofort vehement an der Quelle und holte sich, was ihm zustand. Die Mutter quittierte sein Schmatzen und Saugen mit einem zufriedenen, stolzen Lächeln.

Nach drei Tagen durfte sie mit ihrem Frieder nach Hause, ihr Mann hatte sie in der Zeit nicht einmal besucht. Bei der Ankunft seiner Frau warf er einen flüchtigen Blick auf den Säugling, begleitet von den zwei knappen Fragen „ein Junge? alles dran?" Als beides von seiner Frau kopfnickend bejaht wurde, widmete er sich wieder wesentlicheren Dingen, nämlich seiner Forschung.

Das bedrückende Klima zu Hause beeinflusste den Säugling sehr, so dass er immer weniger trank und nachts stundenlang schrie, was den Herrn Professor zur Weißglut brachte. Die Eltern brüllten sich an, überhäuften sich mit Vorwürfen und der Säugling schrie und schrie.

Die Mutter beschloss, vorübergehend zu ihrer Tante an die Ostsee zu ziehen. Diese war allein stehend und betrieb eine Pension in Vorpommern, direkt am Meer.

Sie könne bleiben, solange sie wolle, sagte sie ihrer Nichte und freute sich riesig auf den Familiennachwuchs, den sie bisher sehr vermisst hatte. Die Luft- und Umgebungsveränderung bekam der Mutter, vor allem aber dem Baby gut, so dass sie beschloss, mehrere Monate in der Pension zu verweilen.

Nach sechs Wochen, an einem Donnerstag gegen 20.00 Uhr, stand der Professor vor der Pension. Er hatte die lange Strecke ohne Pause in seinem klapprigen Mercedes 180 Diesel bewältigt und sagte fast weinerlich, dass er seine Frau und das Kind vermissen würde. Es gab eine längere Aussprache zwischen den Eheleuten, die Tante befürchtete schon, dass die Idylle nun zu Ende sei, und ihre Nichte und der kleine Frieder abreisen würden.

Die Mutter verlangte eine Bedenkzeit und entgegnete ihrem

Mann, dass sie auf keinen Fall schon morgen mit ihm zurückfahren würden, er aber schon, denn hier könne er nicht bleiben.

Wie ein kleiner, braver Junge fügte er sich den Anweisungen, übernachtete in einem der Fremdenzimmer und fuhr am nächsten Morgen, nach dem Frühstück, alleine los. Die Verabschiedung von Frau, Kind und Tante fiel denkbar frostig aus, man war sichtlich erleichtert, als der stinkende Diesel um die Ecke bog und verschwunden war. Innerlich „kochte" der Professor vor Wut, hatte er doch fest damit gerechnet, seine Frau und **ihr** Kind mitnehmen zu können. Er hatte sich sogar am Samstag auf dem Flohmarkt einen ausrangierten Kindersitz besorgt, den er irgendwie in sein Auto gemurkst hatte. Wenn das nicht genügende Interessensbekundung war, dann wusste er auch nicht, was er noch anstellen musste, um seiner Frau zu signalisieren, dass er sie brauche.

Ganz anders erlebte es seine Frau. Sie fand den überfallartigen Besuch eine blanke Unverschämtheit und ein weiteres Indiz für den Egoismus ihres Mannes. Auch bezweifelte sie, dass er wirklich **beide** haben wollte. Sie vermutete, dass er etwas an Entzugserscheinungen litt. Als sie noch zu Hause war, gab es nahezu jeden Abend das gleiche Spielchen. Sie saßen beide im Bett, er holte sein Weidenrütchen unter dem Bett hervor und ließ es auf ihren nackten Po, samt Oberschenkeln tanzen. Dabei stöhnte und schmatzte er wie ein mampfender Wiederkäuer. Meist war das „Spielchen" beendet, wenn er einen Orgasmus, der sich in die Unterhose entleerte, hatte.

Sie ertrug dieses harmlose und für sie nichtssagende Sado-Spielchen mit stoischer Gelassenheit. Gab es doch viele Frauen, die mit noch anderen Vorlieben ihrer Männer konfrontiert wurden. Für sie war ganz entscheidend dabei, dass ihr Mann sie nicht anfasste, denn seine Berührung hätte sie nicht ertragen. Das neutrale Weidenrütchen als Berührungsmedium konnte sie gut aushalten. Und inzwischen empfand sie sogar einen Hauch von Lust dabei, wenn die Rute auf ihren Po klatschte und der brennend heiße Schmerz langsam wich. Aber dass sie danach verlangt hätte, nein, sie brauchte eigentlich überhaupt keinen Sex. Aber der Sex war nun mal "die lästige Dreingabe in einer Ehe", wie es eine Freundin von ihr mal bitter ausdrückte.

Also blieb sie noch ganze 8 Wochen bei der Tante, bis endlich die Abreise nicht mehr länger aufzuschieben war.

Inzwischen tauchten auch vermehrt Spannungen mit der Tante auf, denn diese mischte sich vehement in die Mutter-Baby-Beziehung ein. Obwohl nie selbst entbunden, wusste sie anscheinend ganz genau, was für ein Baby das Beste ist. Aber nicht mit ihr, der kleine Frieder war ihr Kind und niemand hatte sich da einzumischen. Ihrem Mann musste sie das allerdings nicht erklären, denn sein Interesse am Sohn tendierte gegen Null

Die Rückreise mit dem Baby im ICE verlief problemlos, ihr Mann holte sie sogar vom Bahnhof ab und hielt linkisch einen Strauß „Tankstellen-Tulpen" in der Hand. Der gute Wille zählt, dachte sie für sich und erlöste ihn von dem halbwelken Gebinde. Zuhause verlief alles sehr schnell wieder wie gehabt, der Alltag hatte sie wieder.

Bei Frieders Entwicklung fiel auf, dass er ein extrem nervöses Kind war. Kleinste Stimmungsschwankungen wirkten sich verheerend auf ihn aus. Er schrie dann oft stundenlang, schlug um sich, verdrehte die Augen und bekam einen knallroten Kopf, den er rhythmisch gegen eine Wand schlug. Die Mutter wusste sich nicht anders zu helfen, als ihm ständig Beruhigungsmittel zu verabreichen, da ihre Nerven blank lagen. Der Herr Professor verkroch sich immer mehr in sein Arbeitszimmer, die Türe hatte er längst isolieren lassen. Er konnte das Geschrei seines Sohnes und seine genervte Frau nur schwer ertragen.

Jahre später stellte man bei dem Kind eine überdurchschnittliche Intelligenz bei gleichzeitiger erheblich reduzierter Emotionalität fest. Als Hochbegabter war die „Eins" seine Standardnote. Was aber die emotionale Intelligenz anbetraf, befand er sich auf dem Niveau eines Kleinkindes, obwohl er schon längst sein Studium leistungsmäßig abgeschlossen hatte. Er konnte sich aber keinem Examen stellen, denn die kleinste Aufregung brachte ihn dermaßen aus dem Konzept und in Panik, dass er davonrennen musste. Mehrmals nahm er einen Anlauf, um zu einem akademischen Abschluss zu kommen, und scheiterte immer wieder.

Wenn man ihn heute antrifft, hat er meist einen oder zwei Koffer mit Büchern dabei, ist dauernd am Wissen in sich reinstopfen, kann aber keine zehn Minuten im Kontakt mit Menschen bleiben. Dann wird er unruhig, verdreht die Augen und muss weg. Eine soziale Deprivation allerhöchsten Grades. Glück im Unglück hat er deshalb, weil er durch Erbschaften so vermögend wurde, dass er es nie nötig haben wird, eine Berufstätigkeit auszuüben.

Der Hofgerichtsstuhl

Die alte Freie Reichsstadt verfügte über die Kaiserliche Hofgerichtsbarkeit, was eine besondere Ehre und auch Verpflichtung für die Stadtväter war. Ein Hofrichter hatte den Vorsitz, meist ein Graf oder Freiherr, das Amt des Hofrichters, der im Namen des Kaisers Recht sprach, war erblich und galt als hohe Auszeichnung.

Gegen den Spruch des Hofrichters konnte kein Rechtsmittel mehr eingelegt werden, es war sozusagen die letzte Instanz.

Gericht gehalten wurde alle paar Monate unter einer mächtigen Linde und auf dem Hofgerichtstuhl in der Königstraße.

Das Original steht im Stadtmuseum. Eine Nachbildung dieses Stuhles aus Buntsandstein, mit vielen Ornamenten und Symbolen befindet sich heute noch auf einer Rasenfläche hinter dem Landgericht, und hiervon handelt die folgende Geschichte, erzählt aus der **Sicht des Hofgerichtsstuhls**.

Zunächst möchte ich einmal meinen Unmut kundtun, dass ich nicht das Original von 1781 bin, sondern nur eine Kopie, zweite Wahl sozusagen. Mein Original steht im Stadtmuseum, gewissermaßen im warmen, während ich hier tagtäglich Wind und Wetter ausgesetzt bin.

Aber so ist das nun mal im Leben, manche sind im Trockenen, andere haben ihr Leben lang nasse und kalte Füße.

Jammern hilft da wenig, jeder steht – vielleicht zu Recht – an der Stelle, wo er hingestellt wurde.

Aber ich will ihnen ja eine Geschichte erzählen. Eigentlich könnte ich viele Erlebnisse wiedergeben. So werde ich in letzter Zeit öfters von Hunden angepinkelt; respektlos, diese Köter, sage ich ihnen. Dabei sind es noch nicht einmal echte Rottweiler, die ihre Notdurft an mir verrichten. Nein, irgendwelche Gassenköter, Promenadenmischungen lassen es respektlos an meinen Sockel hin laufen.

Es stimmt schon, dass die Blütezeit der Hofgerichtsbarkeit im 18. Jhdt. vorbei war. Die Würde des Ortes sollte aber dennoch gewahrt werden, geben Sie mir Recht?

Neuerdings muss ich feststellen, dass Nachbarskinder, die zerstritten sind, mich aufsuchen, um hier den

Streit vorzutragen; um sozusagen auf meinem Stuhl Recht zu sprechen. Ein unbeteiligter Junge nimmt als „Hofrichter", meist mit dunklem Umhang ausstaffiert, auf mir Platz. Für zwei bestellte Beisitzer sind die Bänke links und rechts von mir vorgesehen.

Es beeindruckt mich sehr, mit welcher Ernsthaftigkeit die Kinder Gericht halten spielen und ich sage mir: da jammere noch Jemand, der Nachwuchs hätte keine Tradition mehr, es sind Reichsstadtkinder, in deren Adern das Reichsstadtblut fließt.

Dass dies inzwischen wegen Zuzugs und Eingliederung von Flüchtlingen ordentlich verwässert ist, geht auch an mir nicht spurlos vorbei. Und ich bin immer etwas pikiert, wenn ich wieder mal als Treffpunkt für fragwürdige, jugendliche Romanzen herhalten muss.

Aber dennoch, Verschwiegenheit gehört zu meinen Kardinaltugenden. Und so werden sie von mir keine Silbe, wer mit wem und wie, was gemacht hat, zu hören bekommen. Nun aber meine Kerngeschichte.

Zu Hofgerichtszeiten zankten sich zwei Frauen, wem das Neugeborene gehören würde. Die Eine schwor, dass es ihr Säugling sei. Die Andere schwor ebenfalls, dass es ihr weggenommen worden sei, und dass es ihr gehöre. Die Frauen waren sich spinnefeind; es ließ sich auch nicht mehr feststellen, wie der Streit entstanden war. Eine der Frauen musste wohl ihr Kind verloren und der anderen ihres weggenommen haben. Wer aber die Lügnerin ist, konnte nicht festgestellt werden, da beide offenbar keinen Respekt vor einem Meineid hatten und zumindest eine der Frauen diesen auch schwor.

Der Hofrichter aus dem Geschlecht der Grafen zu Zimmern war außerhalb der Stadt beschäftigt. So musste der junge Rechts-Assessor von Kleiwitz Gericht halten. Er war juristisch sehr unerfahren, besaß aber für sein Alter erstaunliche Menschenkenntnis. Und so fiel ihm im Laufe der Verhandlung die alte Bibelgeschichte von Salomon ein, und er gedachte, dieses Wissen auf seinen Fall anzuwenden. Dann erklärte er nochmals, dass er zwar beiden Frauen glauben würde, das Baby auch jeder gönnen, er aber nun halt zu einem Urteil kommen müsse.

Und da komme ihm eine alte Wahrheit zu Hilfe, dass die rechte Mutter auch die größte Kraft habe. Man solle das Baby bringen, jede der Frauen solle sich im Gerichtsviereck aufstellen und ein Ärmchen ergreifen und diejenige, die die rechte Mutter sei, könne auch mit der stärkeren Kraft ziehen und somit das Baby auf ihre Seite bringen. Der Beisitzer gab das Kommando und sofort zog eine Frau mit aller Kraft am Kind und riss es der anderen aus der Hand, während die andere völlig überrascht losließ, damit das Baby nicht zu Schaden komme. Der Ausgang der Geschichte ist bekannt, das Urteil war eindeutig. Nun verkündete der Richter: "nehmt der Schlampe das Kind weg. Sie hätte es ohne Mitgefühl in Stücke gerissen, wenn die rechte Mutter nicht sofort losgelassen hätte." Und so konnte eine der Frauen mit ihrem Baby nach Hause gehen, die andere wanderte ins Gefängnis. Der junge Assessor ergriff die Gelegenheit, um nach dem Urteilsspruch den Umstehenden noch die Weisheit: "wer liebt, kann loslassen, wenn es dem Wohl des Geliebten dient", mitzugeben.

Eine Kindergartenliebe

Frieder und Frieda waren Nachbarskinder. Schon von ihrer Geburt an kannten sich die Eltern der Beiden, mochten sich aber nicht besonders. Es breitete sich viel Neid zwischen den Familien aus, denn Frieders Vater war erfolgreich in seiner Firma, während Friedas Vater einfach nicht vorankam und, obwohl in der gleichen Firma, und sogar den gleichen Beruf gelernt wie Friedas Vater, ständig von einer Kündigung bedroht wurde.

Im Spital wurden die Kinder fast auf die Stunde genau zur selben Zeit entbunden, die Wöchnerinnen teilten sich auch das Zimmer. Sie scherzten und fantasierten, was wohl aus ihren Säuglingen einmal werden würde, welches Schicksal ihnen vorbestimmt sei? Frieder hieß laut Taufregister Friedhelm Maximilian, Frieda wurde auf den Namen Friederike Franziska getauft.(doofer konnten es die Eltern nicht aussuchen, stellte sie später fest, als die anderen Kinder sie ständig hänselten).Und so wurde kurzerhand Frieda daraus gemacht und den spottenden Jungs war ein gutes Stück der Wind aus den Segeln genommen worden. Zwar war Frieda auch noch nicht der Hit, sie hätte gerne Jacqueline oder Marlene geheißen. Aber immerhin war Frieda schon ein Fortschritt, damit konnte sie leben.

Frieder war mit der Verkürzung seines Namens ebenfalls einig; Friedhelm sagte nur noch die Uroma. Sie meinte, Namen dürfe man nicht verhunzen, das bringe Unglück. Und so ein schöner Name wie Friedhelm Maximilian schon gar nicht. Wenn die Uroma ihn

Friedhelm Maximilian rief, zuckte er innerlich zusammen und schaute sich verstohlen um, ob es ja kein anderes Kind gehört habe. Alle Versuche scheiterten, die Uroma ließ sich nicht auf die Verkürzung „Frieder" ein, da war nichts zu machen, stellte er seufzend fest.

Als die Beiden schon 4 Jahre alt wurden, die Geburtstage hatte man immer zusammen gefeiert, öffnete endlich ein Kindergarten im Stadtviertel der beiden Familien. Inzwischen hatten die Spannungen zwischen den Eltern allerdings deutlich zugenommen, denn Fridas Vater verlor nun doch - wie befürchtet - seine Arbeit und verbitterte zusehends. Er suchte überall die Schuld für seine Misere, natürlich auch beim Nachbarn, der eben erst schon wieder befördert wurde und nun zum Abteilungsleiter aufrückte. Dafür aber, dass die Abteilung von Friedas Vater aufgelöst und auf einen Schwung 130 Leute entlassen wurden, konnte er nun wirklich nichts. Aber was soll`s, wenn man einen Schuldigen für sein Schicksal braucht, wird man in der Nachbarschaft schnell fündig. Besonders die beiden Kinder, die sich so auf den gemeinsamen Kindergarten freuten, litten unter den ständigen Sticheleien von Friedas Vater. Als sie ihren Vater einmal fragte, "Papa, warum machst du das?" bekam sie zwar keine Antwort, fing sich aber dafür eine schallende Ohrfeige ein. Der Vater hatte am frühen Nachmittag schon wieder eine Bierfahne und diese heikle Frage seiner Tochter konnte er nun schon gar nicht ab. Da Frieda ziemlich klug und lernfähig war, unterließ sie es in Zukunft, den Vater in dieser heiklen Angelegenheit nochmals anzusprechen.

Zum Glück hatte die Mutter eine Arbeit im öffentlichen Dienst. Sie war in der Poststelle des Finanzamtes angestellt und musste Mahnbriefe kuvertieren und frankieren, um sie anschließend zur Post zu bringen. Eine ziemlich stumpfsinnige Tätigkeit, könnte man meinen. Da sie aber über einen wachen Geist verfügte und ziemlich interessiert an ihrer Umgebung war, machte sie aus der Büroroutine ihre ganz persönliche Unterhaltung. So ließ sie die Gesichter der Adressaten vor ihrem inneren Auge erscheinen, knüpfte Verbindungen, erinnerte sich an Erlebtes und hatte so ihr ganz persönliches „inneres Kino", das ihr die Arbeit sehr kurzweilig gestaltete.

Natürlich erfuhr sie auch, wer mit seiner Steuerpflicht in Konflikt kam, wer kurz vor einer Pfändung stand und dergleichen mehr brisante Informationen. Dies für sich zu behalten und nicht in der Nachbarschaft „breitzutreten," war eine ihrer größten Herausforderungen, die sie nur mit Mühe bewältigte.

Der Kindergarten wurde von katholischen Nonnen vom Orden „der Barmherzigen Schwestern vom Heiligen Vinzenz…", genannt Vinzentinerinnen, geführt.

Gemeinsam zogen die Kinder am ersten Tag los. Ihre Vespertäschchen umgehängt und voller Erwartungen auf das, was sie wohl erwarten möge, legten sie den kurzen Weg zum Kindergarten zurück. Auf den letzten Metern ergriff Frieder Friedas Hand und drückte sie fest, dass es Frieda schon fast schmerzte. Aber sie ließ sich führen, es war schön, so miteinander in eine neue Zukunft zu wandern.

Kurz vor dem Eintreffen im Kindergarten, ließ Frieder Friedas

Hand los. Er hatte die Schwestern schon bei der Einführung kennengelernt und konnte nicht glauben, dass sie Händchen halten durchgehen lassen würden, und er hatte Recht damit, wie es sich später herausstellen wird. Frieda hatte dem Frieder ein Herz mit Wachsfarben gemalt, das sie ihm schüchtern und wortlos zusteckte. Frieder freute sich sehr und wusste auch schon, wo er es zu Hause aufbewahren werde.

Die Begrüßung durch Schwester Laura war streng, freundlich und knapp. Die Kinder mussten sich im „Morgenkreis" aufstellen, jedes Kind sagte seinen Namen und die anderen sangen. "wie schön dass es die/den…gibt, wir sagen dir herzlich Grüß Gott". Dann wurde gemeinsam gebetet, Schwester Genoveva sagte ein Gebet vor, das die Kinder dann nachbeten sollten.

Am ersten Tag gab es ein Willkommensgebet, das lautete:

„Lieber Gott, wir danken dir, dass du uns Kindern hier einen Kindergartenplatz gibst. Mach, dass es unseren Geschwistern, Mama und Papa, den Großeltern, den Onkels und Tanten und allen Menschen auf der Erde gutgeht. Beschütze uns auf dem Heimweg und helfe allen Menschen, die es schwer miteinander haben, Amen."

Dabei mussten die Beiden gleichzeitig an ihre Eltern denken, die Streit miteinander hatten, und wurden traurig.

Nach der Vesperpause zog Frieda „ihren Frieder" von den anderen Kindern weg und sagte fast flüsternd: "versprich mir, dass wir immer beste Freunde sein werden, egal, was unsere Eltern machen, und dass wir uns nie streiten, schwöre!"

Frieder war etwas überrascht, sagte aber wie in Trance „ich schwöre!" „Und schwöre du, dass ich immer dein allerbester Freund sein werde," fügte er noch rasch hinzu.

Nachdem sie beide geschworen hatten, gingen sie wieder zu den anderen Kindern zurück und beteiligten sich am gemeinsamen Spiel. Dabei beobachteten sie sich immer wieder gegenseitig und waren stolz, dass sie so eine besondere Freundschaft miteinander hatten.

Inzwischen sind mehrere Wochen vergangen, der Kindergarten war Alltag geworden. Morgens holte Frieder „seine Frieda" ab, sie marschierten gemeinsam los, hielten sich ein Stückweit an den Händen, ließen rechtzeitig vor dem Eintreffen am Kindergarten wieder los und verbrachten die Stunden zusammen. Gerne hätten die Barmherzigen Schwestern die

Kinder nach Geschlecht getrennt, aber das Personal und die Räume waren dazu nicht vorhanden. Also musste man ein wachsames Auge haben, denn die Verführung lauert auch schon im Kindesalter überall, dachte vor allem Schwester Laura. Sie war ein Prachtexemplar an Verklemmtheit und war an Bigotterie nicht mehr zu überbieten. Die Kinder bemerkten dies natürlich auch und wandten sich verstärkt Schwester Genoveva zog. Diese war wesentlich jünger als Laura und in ihrem Herzen wehte ein liberaler Geist, der von einer großen Kinderliebe genährt wurde. Gerne hätte sie auch Kinder gehabt, aber ihr damaliger Freund, mit dem sie eine Familie gründen wollte, ist mit dem Motorrad tödlich verunglückt. Zwei Jahre danach, die Trauer war immer noch sehr zehrend in ihr, beschloss sie, der Welt den Rücken zuzukehren und meldete sich als Novizin bei den Vinzentinerinnen an. Sie wurde ins Kloster aufgenommen, hatte aber fortan mit dem Ruf des "Gelebten" zu kämpfen. Man hielt ihr schweigend vor, dass sie ein Frauenleben vor der Klosterzeit hatte und nicht als „Jungfrau Christi" eingetreten war. Sie fügte sich, obwohl es sie kränkte. Aber es hatte keinen Sinn, mit den Mitschwestern zu diskutieren, auch wenn die Mutter Oberin ihr den Rücken stärkte, denn diese konnte ja nun mal nicht immer bei ihr sein.

Es war an einem Donnerstag am Vormittag. Die Kinder hatten soeben ihre Vesperbrote verzehrt, manche Kinder tauschten auch miteinander, was aber Schwester Laura nicht gefiel. „So wie es die Eltern für euch gerichtet haben, so sollt ihr es auch dankbar verzehren und nicht tauschen" sagte sie immer wieder. Die Kinder überhörten es meistens, schauten zu Schwester Genoveva und machten doch, was sie wollten.

Frieda ging aufs WC, sie musste dringend Pipi. Ziemlich unauffällig schlich ihr Frieder nach und drängte sich zu ihr in die Kabine, die 150 cm hoch und oben offen war. Frieder wollte unbedingt Friedas Pipi sehen und zuschauen, wenn es bei ihr plätscherte. Frieda hatte nichts dagegen, sie fand die Idee lustig und ließ es laufen, während Frieder auf dem Boden neben ihr saß und fasziniert zuschaute, wie es bei Frieda unten raus sprudelte.

Plötzlich erstarrten die Kinder vor Schreck. Über sie gebeugt hing Schwester Laura mit angeekelten Mundwinkeln und schnaubte: "schämt ihr euch nicht, ihr Ferkel, treibt Unzucht in meinem Kindergarten, sofort kommt ihr da raus!" Im Vorbeigehen zischelte sie noch

Schwester Genoveva an, „das kommt von deiner unkeuschen Haltung, das spüren die Kinder und machen es auch, du verdirbst mir die Kleinen, ich werde mit der Mutter Oberin reden, dass du hier wegkommst."

Beide Kinder bekamen einen Brief von Schw. Laura mit, indem sie den Vorfall dramatisch schilderte und gleichzeitig den Kindergartenausschluss für Frieda und Frieder ankündigte.

Die Briefe hatten eine nicht vorhersehbare Wirkung auf die Familien. Man setzte sich zusammen, amüsierte sich köstlich über das harmlose "Doktor-Spiel", wie es Friedas Vater nannte. Generationen von Kindern ,ihn nicht ausgeschlossen, hätten das gemacht. Das gehöre quasi zu einer gesunden Entwicklung dazu, meinte er. Und dann sagte er noch, „auf diesen Kindergarten pfeifen wir. Solange ich arbeitslos bin, fahre ich die Kinder in den 3 km entfernten städtischen Kindergarten. Wir melden die zwei gleich morgen an, einverstanden?". Bei einer Flasche Wein und einem O-Saft für die „Übeltäter" wurde der neue Pakt besiegelt.

Gedankt sei`s der prüden Schwester Laura. Durch ihre Überreaktion hat sie es geschafft, die zerstrittenen Familien wieder zusammenzuführen. Da kann man mal sehen, was katholische Moral und katholisches Sexualitätsverständnis alles bewirken können.

Die Enttäuschung

Nach zwei Totgeburten und einer Eileiterschwangerschaft war sie das erste gesunde Kind der Eltern und wurde entsprechend freudig aufgenommen. Der Vater verwöhnte sie über alles, konnte seinen Stolz und seine Liebe aber immer nur „auf Umwegen" zeigen, weil er selbst extrem gehemmt und komplexbehaftet war. So las er ihr jeden Abend Geschichten vor, konnte sich aber nicht zu einem Gute-Nacht-Kuss durchringen, da er sehr körperfeindlich und emotional reduziert war. Aber die Art, wie er sie beim Spielen betrachtete, wie er ihr kleine Leckereien zusteckte und sich an ihrer Unbefangenheit erfreute, zeugte von seiner abgöttischen Liebe zur Tochter. Die Mutter war erheblich reservierter in ihrer Zuwendung, zumal sie die Nähe der Vater/Tochter-Beziehung etwas eifersüchtelnd betrachtete. Dennoch gewährte man der kleinen Karla viele Freiheiten und ließ sie stundenlang mit den Nachbarskindern rumtoben, was Karla sehr genoss. Auch durfte sie immer wieder mehrere Wochen zur Familie des Bruders der Mutter. Diese betrieben einen Reiterhof und so fand man Karla schon früh bei und auf den Pferden. Diese sollten ihre große Leidenschaft werden und schon bald äußerte sie den Wunsch, einmal später Pferdewirtin zu werden.

Inzwischen war sie zehn Jahre alt, die Grundschulzeit ging zu Ende, und die Frage nach dem weiteren Schulweg stand an. In der Stadt gab es vier Gymnasien, ein reines Mädchengymnasium, ein altsprachliches, ein naturwissenschaftliches und ein hauswirtschaftliches Gymnasium. Die Eltern waren beide promovierte Akademiker, man verkehrte in den angesehensten Kreisen der Stadt, Ärzte, Rechtsanwälte, Kaufleute, Stadträte, Staatsanwälte und deren Kinder gehörten zum Freundeskreis der Familie. Der Vater war Mitglied in einem Honoratiorenstammtisch und in einer Akademikerkegelrunde. Man war bestens vernetzt und genoss das allgemeine Ansehen in der Gemeinschaft sehr. Dies war nicht selbstverständlich, weil die Familie nach dem Krieg als Flüchtlinge, in die Kleinstadt zugezogen war, und auch nicht dem Mehrheitsglauben der Bürger angehörte.

Der Wechsel aufs Gymnasium war selbstverständlich, man fasste das Mädchengymnasium als zukünftige Bildungsstätte für die Tochter ins Auge. Am Tage der Aufnahmeprüfung war Karla extrem zerstreut, schlief in der Nacht zuvor schlecht und „verhagelte" prompt den Test.

Sie konnte sich überhaupt nicht konzentrieren, erlebte sich wie hinter einer dicken Glaswand und brachte kaum einen Satz zustande, bzw. ein Wort heraus.

Mit dem Ablehnungsbescheid im Schulranzen trödelte sie nach Hause, schon ahnend, was sie dort erwarten würde. Die Eltern gingen selbstverständlich davon aus, dass ihre Tochter die Prüfung geschafft habe. Man hatte den Tisch liebevoll gedeckt, ihren Lieblingskuchen gebacken und den Kakao, den sie so gerne trank, gekocht. Der Vater hatte noch ein Päckchen dazugelegt. Es enthielt ein Silberkettchen an dem ein Anhänger mit der Gravur "Mein Stolz" baumelte.

Als Karla den Ablehnungsbescheid umständlich aus dem Schulranzen kramte und den Eltern hinhielt, herrsche zunächst eisernes Schweigen. Der Vater stand dann wortlos auf und verkroch sich in sein Arbeitszimmer. Dabei nahm er fast beiläufig das Päckchen mit dem Kettchen vom Tisch und ließ es in seiner Jackentasche verschwinden. Den Anhänger mit der Gravur „Mein Stolz" fand der Vater nun gänzlich unpassend. Was er zu wenig redete glich die Mutter dann aus. Sie warf sich in die Brust, holte tief Luft und ein Redeschwall von Beschimpfungen, Vorwürfen, Drohungen prasselte auf das arme Mädchen herab:

„Wie kannst du uns nur sowas antun? Machst du das absichtlich, um uns zu blamieren? Wie stehen wir jetzt vor den Freunden da, deren Kinder alle (und dies betonte sie) aufs Gymnasium gehen? Dein Vater schämt sich für dich, er wird nicht mehr zum Stammtisch gehen, so peinlich ist ihm dein Versagen. Alle deine Freundinnen kommen aufs Gymnasium, du wirst sehr einsam sein, allein in der Hauptschule. Da bleibt doch nur der Rest hängen, viele Asoziale, Kinder armer Leute, nicht unser Niveau…"

Die Vorwürfe hörten nicht auf, wurden immer wieder aufs Neue hochgekocht, Monate, Jahre später blieben sie im Raum stehen. Dass es die Tochter ja nicht vergaß, dafür sorgte die Mutter, indem sie bei jeder sich bietenden Gelegenheit die Tochter "vorführte", wo es nur ging: "Wir sind eine Akademikerfamilie, leider mit Einschränkung. Aber wo gibt es nicht auch schon mal ein schwarzes Schaf, meine eine Bildungsverweigerin?"

Es war peinlich, es war demütigend und es war vor allem für Karla schwer zu ertragen. Sie verschloss sich zunehmend, ihre Wildheit, ihre unbefangene Lebenslust, ihre Heiterkeit, waren erloschen. Ganz abgesehen davon, was dieser

Einbruch mit ihrem Selbstbewusstsein machte. Die Mutter zementierte ihre Vorwurfshaltung, der Vater sein Schweigen.

Die Jahre vergingen, Karla ging mit 16 Jahren als Au pair nach Schweden, traf dort auf eine wunderbar unkomplizierte, sehr warmherzige Familie mit 5 Kindern, die Karla bald ins Herz geschlossen hatte.

Karla hatte den Kontakt zu den Eltern weitgehend eingestellt. Ab und zu schickte sie eine Ansichtskarte, die aber von Zuhause nicht beantwortet wurde.

Eines Tages brachte der Postbote den Eltern einen Einschreibbrief mit der Aufschrift „Eigenhändig mit Rückschein". Absender war die schwedische Adresse mit Karlas Namen.

Die Mutter nahm den Brief an, wunderte sich, dachte, es sei etwas Schlimmes passiert.

Als sie den Brief geöffnet hatte und mit Lesen begann, musste sie sich setzen. Karla schrieb:

„Hallo Frau Dr. Z.; Hallo Herr Dr.Z,

ihr wundert euch vielleicht, weshalb ich euch nicht Liebe Eltern nenne? Aber Ihr seid weder lieb, noch seid Ihr Eltern für mich. Mit diesem Schreiben möchte ich endgültig mit euch brechen, aber nicht, ohne euch noch ein paar Worte zu hinterlassen. Ihr erinnert euch noch an den Tag, als ich mit dem Ablehnungsbescheid des Gymis heimgekommen bin? Schon der Weg nach Hause fiel mir schwer, ich ahnte, was kommen würde und ich habe mich so geschämt. Und Ihr? In meiner größten Not, hast du, Frau Doktor nichts Besseres gewusst, als pausenlos auf mich einzudreschen und mich mit den übelsten Vorwürfen zu quälen. Anscheinend habe ich mehr Schande über euer bürgerlich-spießiges Leben gebracht, als wenn ich schwanger geworden wäre.

Und du, Herr Doktor? Ein Vater bist du nicht, denn der hätte sein verzweifeltes Töchterlein in den Arm genommen und getröstet. Wie heilsam wären ein paar Worte wie „das ist jetzt gar nicht schlimm, es gibt viele Möglichkeiten, Wir finden etwas für dich. Sei nicht mehr traurig, wir haben dich immer lieb und wir unterstützen dich, wo du es willst, "gewesen?

Was hätte ich aufatmen können und mich besser führen. Aber nein, kein Wort, dein eisiges, hilfloses, erbärmliches Schweigen hat mich beinahe umgebracht.

Mit diesem Brief, pünktlich zu meiner Volljährigkeit, beende ich dieses für mich so leidvolle Kapitel; vergeben kann ich euch inzwischen, vergessen kann ich euer liebloses Verhalten noch nicht."

Karla

P.S. "Eltern sollen ihren Kindern Wurzeln und Flügel geben"

„Ihr wisst nicht einmal, was damit gemeint ist, ihr tut mir nur noch leid."

Im Backhäusle am Brunnen

Einmal im Monat war Backtag, das bedeutete, dass wir Kinder und die .Großmutter uns aufmachten, und in Richtung öffentliches Backhaus, genannt Backhäusle, aufbrachen.

Zuvor wurde das Leiterwägele gepackt, und zwar mit Brennholz, mit Spächtele und Zeitungspapier zum Anzünden. Natürlich durfte die Hauptsache, der Teig und die Zutaten nicht fehlen. Auch saubere Küchentücher wurden im Wägele verstaut und los gings. Die Anfahrt, circa ein Kilometer, ging bergab, war also leicht zu bewältigen. Dafür war dann der Heimweg mit dem Gebackenem wesentlich schwieriger.

Da man sich nicht anmelden konnte, veranstalteten wir immer ein kleines Rätselraten, wieviel schon vor uns da waren. Wer von uns Kindern richtig lag, bekam von der Großmutter später ein Extrastück frischen Kuchens.

Günstig war es, wenn schon zwei, drei Leute vor einem gebacken hatten, denn dann war noch eine gute Glut im Ofen und man konnte sich das Feuer machen schenken. War man dagegen Erster des Tages, so stand einem diese Prozedur bevor.

Der Backofen war ein „Uraltmonster" und ließ sich schwer anzünden, er zog auch nicht besonders gut. Manchmal stand die Großmutter in dichtem Rauch, hustete und schimpfte wie ein Rohrspatz, weil außer Qualm und Gestank nichts klappte. War aber eine gute Glut vorhanden, so machte das Backen einen Riesenspaß. Erst wurden die Sauerteigbrote gemacht. Den Teig hatte die Großmutter schon am

Vortag geknetet und über Nacht „gehen lassen". Die Teigklumpen wurden nun auf ein Stielbrett gelegt und das Brett vorsichtig durch die Öffnung geführt. Man konnte nur den vorderen Bereich des Ofens überblicken. Weiter hinten war es ziemlich dunkel und die Großmutter platzierte ihre Teigklumpen sozusagen blind im Ofen. Es konnte passieren, dass sie das gebackene Brot nicht mehr fand und es somit im Ofen verkohlte. Wenn so etwas geschah, war die Laune der Großmutter „im Keller", und wir Enkel gingen ihr dann besser aus dem Weg.

Waren die Brote im Ofen gut platziert, ging es an die Belegung der Kuchen. Zwiebelkuchen gab es immer, und je nach Jahreszeit noch einen Zwetschgen-, Apfel- ,oder Kirschkuchen daazu.

Manchmal durften wir auch unsere eigenen „Kunstwerke", sprich Teigklumpen, in den Ofen schieben und unser „Kinderbrot" backen. Dazu war extra ein kleines , rundes Brett mit kurzem Stiel im Backhäusle vorhanden.

Im Sommer nutzten wir die Backzeit, um im benachbarten Brunnen zu Planschen. Er lieferte eiskaltes, aber sehr klares Quellwasser, das man ohne Bedenken trinken konnte. Wir nahmen auch immer drei große Kannen mit Brunnenwasser mit nach Hause. Auch zum Reinigen des Backgeschirrs und zum Aufwischen des Backbodens, was dann unsere Arbeit wurde, verwendeten wir das Brunnenwasser. Zuvor wateten wir aber im Brunnenbecken herum, wir machten so ganz nebenbei eine Kneippkur, ohne es zu wissen.

Kurze Zeit darauf fiel das Backhäusle einem Bauvorhaben der Stadt zum Opfer.

Mit der Begründung, es sei nicht genügend ausgelastet, also unrentabel, wurde es kurzerhand abgerissen und auf die freigewordene Stelle ein Bankgebäude erstellt.

Wir Kinder bedauerten es sehr, denn mit einem Bankhaus konnten wir nun gar nichts anfangen.

Die Erinnerung an die Gerüche, die frischen Brote, die duftenden Kuchen, die Freude und auch das Schimpfen der Großmutter, wenn etwas schief ging, konnte uns aber niemand abreißen, die hatte Bestand und überlebte auch die Großmutter.

Wenn wir heute, inzwischen selbst als Großeltern, Kuchen und Brot backen, so erscheint immer mal wieder das Bild des Backhäuschens vor unserem inneren Auge und flüstert uns zu: „Habt Geduld, es wird schon gelingen, bewahrt die Tradition, solange ihr könnt."

Der Liebesversprecher

Eigentlich sollte an dieser Stelle die Geschichte eines behinderten Paares stehen. Pardon, man muss korrekt bleiben, also eines Paares mit Handikap.

Sie waren nicht nur geistig sehr reduziert, auch ihre Sprache war kaum zu verstehen.

So sagte der Mann am Tag mindestens zehnmal zu seiner Frau:

„Bronnega, du did mei Bra", was so viel bedeutet wie: "Roswitha, du bist meine Frau"

Daraufhin antwortete seine Frau immer geduldig mit dem stets gleichen Satz: "ja Ermemle, i did dei Bra", was heißt: "ja Hermann, ich bin deine Frau"

Die Schlichtheit dieses Dialoges hatte für den Zuhörer etwas tief Berührendes und man konnte die tiefe Liebe, welche dieses Paar verband, förmlich greifen. In ganz schlichten Gesten versicherten sie sich ihre gegenseitige Verbundenheit.

Ihre Ausdrucksmöglichkeiten waren auf Kindergartenniveau, nicht aber ihre Herzensbildung. Und manch ein „normaler" Zeuge des Umgangs dieses Paares miteinander, war gleichzeitig beschämt und berührt.

Gewiss, sie brauchten Hilfe von der Sozialstation, auch waren sie unter Vormundschaft gestellt. Dadurch verfügten sie nur über ein Taschengeld zur Selbstverwendung. Aber alle Menschen, die mit ihnen zu tun hatten, waren wie verzaubert von der reinen und im besten Sinne naiven Liebe und Fürsorge dieser beiden Menschen. Man war einfach sprachlos und oft zu Tränen gerührt, wenn man diesen Umgang einen Augenblick erleben durfte. Sie wollten es nicht, aber sie spiegelten einem durch ihr Verhalten, wie ruppig und lieblos wir im Alltag oft miteinander umgehen und wie wenig es braucht, ein liebevolles Klima zu schaffen und wie schwer dies doch ist.

Allen Menschen, die dem Inklusionsgedanken skeptisch gegenüberstehen, sei einmal ein kurzer Besuch bei diesem Ehepaar verordnet.

Wir verarmen und bringen uns um ganz elementare Erfahrungen, wenn wir immer mehr ausklammern und trennen. Seien es alte Menschen, Kranke, Behinderte, Unangepasste, oder auch nur Fremdartige in irgendeiner Form.

Nun habe ich die Geschichte dieses Paares doch skizziert, scheue mich aber, sie weiter auszubreiten. Aus Befangenheit und aus Achtung vor den zwei Menschen, deren äußere Lebensumstände und Möglichkeiten so reduziert sind und deren Liebesfähigkeit und Herzlichkeit so unendlich weit und schön strahlen:

Danke Bronnega, danke Ermemle!

SCHLUSSBETRACHTUNG

Nun sind wir – gemeinsam - am Ende der Kurz (en) Geschichten angelangt und Sie, lieber Leser, liebe Leserin, werden sich fragen, was war das nun?

Vielleicht sind Sie verwirrt, vielleicht hat Sie die eine oder andere Begebenheit erheitert, oder traurig, gar wütend, gemacht?

Dann sind wir auf einem guten Weg; denn Geschichten sind immer auch gute Seismographen, die einen Blick auf unser Inneres gestatten. Somit haben sie nicht nur Unterhaltungsqualität, sondern sie bieten uns die Möglichkeit an, uns ein Quäntchen besser kennenzulernen, etwas genauer hinzuschauen.

Zu was **ein** Mensch fähig ist, dazu sind – theoretisch – **alle** Menschen fähig: Wenn wir bereit sind, diesen

Gedanken an uns ranzulassen, heben wir die Trennung und damit die Projektion ein gutes Stück weit auf. Dann wird unser Zusammenleben menschlicher und wir sind weniger allein, das heißt weniger getrennt vom lebendigen Dasein in all seinen Facetten. Die Einsamkeit, eine der ganz großen Phänomene unserer Zeit und Kultur, könnte dann vermutlich weniger nach uns greifen. Und wir bräuchten weniger „Ersatzmittel", um sie zu übertönen, denn sie schreit laut in uns.

Obwohl ich in eigener Sache nur ungern Werbung mache, möchte ich Sie auf den ersten Band dieser Reihe mit dem Titel „Kurz(e)Geschichten aus dem Sackdorf", ebenfalls bei BoD erschienen, hinweisen. Gleichzeitig ermutige ich Sie, liebe Leserinnen und Leser, sich an Ihre eigenen- erlebten oder gehörten - Geschichten zu erinnern.

Schicken Sie sie mir, wenn Sie mögen. Wir können uns zusammensetzen und gemeinsam ein Büchlein daraus „zaubern". Ich würde mich freuen; hier nochmals meine E-Mail und Postadresse:

H.G.Becht@t-online.de

Vaihinger Landstraße 5

70195 Stuttgart

BIOGRAFIE

Horst Günter Becht studierte nach der Schul- und Wehrdienstzeit über den zweiten Bildungsweg Berufspädagogik und Tiefenpsychologie am C. G. Jung – Institut.

Nach jahrzehntelanger Tätigkeit in Schule und Psychotherapiepraxis, musste er sich wegen einer Erkrankung vorzeitig vom Berufsleben verabschieden.

Danach engagierte er sich ehrenamtlich im Hospiz und in der Migrantenbetreuung, sowie im Kinderschutzzentrum Stuttgart.

Später widmete er sich immer intensiver seinem Hobby, dem Schreiben. Inzwischen sind folgende Bücher von ihm erschienen:

Herbstrascheln, eine Anthologie der besonderen Art,

Gedankenspiele

Gedankenkleckse

Kurz(e) Geschichten aus dem Sackdorf

Markt der Illusionen (Erfahrungen mit Blinddates)

Heute lebt er mit seiner Frau in Stuttgart. Aus erster Ehe entstammt ein Sohn, der verheiratet ist und zwei Töchter hat.

Menschliche Schattenthemen und Skurrilitäten des Miteinanders im Alltag interessierten den Autor schon immer besonders.

„Zweifel sind Verräter, sie rauben uns, was wir gewinnen können, wenn wir nur einen Versuch wagen."

(William Shakespeare)